# TEO AND THE BRICK

By
Adam Del Rio

Illustrated by
Noel III

Por
Adam Del Rio

Ilustrado por
Noel III

# TEO Y EL LADRILLO

My name is Teo and I'm six years old. I like to play on this little hill where I can watch men like my papá make bricks. From here I see the smoke rising from the kilns where they fire the bricks. And close by there's a big deep pit where they dig out the clay used to make the bricks. Even the earth is the color of brick here.

Mamá says we are lucky. We live in a little house on the land right where my papá works. Most of the workers live here, too, in little wooden houses. They call our little town Simons and it's right next to Brickyard #3.

Mi nombre es Teo y tengo seis años. Me gusta jugar en este pequeño cerro donde puedo ver a hombres como mi papá mientras hacen ladrillos. Desde aquí veo el humo que sale de los hornos donde cocen los ladrillos. Y cerca de aquí hay un hoyo grande de donde sacan el barro para hacer los ladrillos. Hasta la tierra es el color del ladrillo que se hace aquí.

Mamá dice que somos muy afortunados. Vivimos en una casa pequeña en el terreno donde trabaja mi papá. La mayoría de los trabajadores también viven aquí, en casas pequeñas hechas de madera. A nuestro pueblito lo llaman Simons y está a un lado del almacén de ladrillos #3.

3

When I was born the brick company gave papá a $5 gold piece. Simons is just like a little village. There's a school—that's where I go—a small church called Monte Carmelo, a store where they sell candy and things, a post office, a place where they show movies and even a little hospital. We have a baseball team and a company band, too. Every night they lock the gates to Simons to keep us safe. I guess so no strangers can get in, you know, like *el cucuy*.

Cuando nací, la compañía de ladrillos le dio a mi papá una pieza de oro de $5. Simons es como una pequeña aldea. Hay una escuela—mi escuela-una pequeña iglesia que se llama Monte Carmelo, una tienda donde venden dulces y cosas, una oficina de correos, un lugar donde proyectan películas y hasta un hospital modesto. Tenemos un equipo de béisbol y también un conjunto musical de la compañía. Cada noche cierran las entradas de Simons para protegernos. Supongo que es para que no se metan desconocidos, ya sabes, como el coco.

Papá says Simons #3 is the biggest maker of bricks in the whole world. They make millions of bricks every year right here in Montebello. It's true.

Papá says there would be no tall buildings in Los Angeles without the bricks they make here. It just wouldn't be a real city, he says. He says we take the clay from the earth, make the bricks and then other workers, just like him, make brick buildings like towers that touch the sky.

Papá dice que Simons #3 es la fábrica más grande de ladrillos en todo el mundo. Hacen millones de ladrillos cada año aquí mismo en Montebello. Es verdad.

Papá dice que no habría edificios altos en Los Ángeles sin los ladrillos que hacen aquí. Dice que simplemente no sería una ciudad verdadera. Dice que tomamos el barro de la tierra, hacemos los ladrillos y luego otros trabajadores como él hacen edificios de ladrillo, como torres que tocan el cielo.

7

Don't tell anybody but I have a secret place in our little village and no one but my best friend Diego knows about it. He promised never to tell. It's way on the other side of the pit. I dug a big hole under it and I can crawl inside and play marbles, draw on the walls and watch the ants march by. I call it The Cave.

No le digas a nadie pero tengo un lugar secreto en nuestra pequeña aldea y nadie más que mi mejor amigo Diego lo sabe. Me prometió que nunca le iba a contar a nadie. Está al otro lado del hoyo. Excavé un agujero grande y puedo entrar a gatas y jugar, dibujar y ver marchar a las hormigas. Le puse el nombre, La Cueva.

Something sad happened the other day. For a long time I thought my papá's name was Oye. Ever since I can remember I heard the brick men call him Oye. The other day I called him Oye and he yelled at me and said, "Don't ever call me that. My name is Salvador Cruz!" Later, Mamá told me that Oye is Spanish for "hey you." I felt so bad.

Ever since that day I knew I wanted to make it up to him. Then one night I got an idea. Papá once told me that every sixth brick they made here is stamped with the name Simons. He keeps a beautiful perfect brick with the Simons stamp on the night table next to his bed. I decided then and there to make a brick with the name Cruz on it and give it to him for his birthday on August 6.

Algo triste pasó el otro día. Por mucho tiempo yo pensaba que mi papá se llamaba Oye. Desde que me acuerdo los ladrilleros lo llamaban Oye. El otro día lo llamé Oye y me gritó y me dijo, "¡Nunca me digas eso. Mi nombre es Salvador Cruz!" Después Mamá me explicó que en español Oye no es nombre y que se usa para llamar la atención de alguien. Me sentí tan mal.

A partir de ese día sabía que se lo quería compensar. Luego una noche se me ocurrió una idea. Papá una vez me dijo que cada sexto ladrillo que hacían lo marcaban con el nombre Simons. Él tiene un ladrillo hermoso y perfecto con la marca de Simons sobre la mesa de noche al lado de su cama. Ahí mismo me propuse a hacer un ladrillo marcado con el nombre Cruz y dárselo para su cumpleaños.

My plan was to make the brick just like they make them at the brickyard. So I started collecting clay. I mixed the clay with water in a wooden box shaped like a brick. I made the box out of old pieces of wood I found around the brickyard.

Then, while the bricks were still wet, I scratched Cruz on the top of each one. I made a big C and then a smaller R, U and Z. CRUZ.

Mi plan era hacer el ladrillo igualito a los que hacen en el almacén de ladrillos. Entonces empezé a recoger el barro. Mezclé el barro con agua en una caja de madera que tiene la forma de un ladrillo. Construí la caja con pedazos viejos de madera que encontré por ahí en el almacén de ladrillos.

Luego, mientras los ladrillos aún estaban mojados, grabé el nombre Cruz encima de cada uno. Hice una C grande y luego más pequeñas las letras R, U y Z. CRUZ.

After that, I asked our neighbor, Señor Alonso, to place my bricks in one of the kilns so they would "cook." He promised not to say anything about it to Papá. It took about a week to bake in the kiln and then it had to cool for a few days. Once they had cooled, I took them to The Cave and looked at them.

Después de eso, le pedí a nuestro vecino, el señor Alonso, que pusiera mis ladrillos en uno de los hornos para que se cocieran. Me prometió que no le mencionaría nada a mi papá. Se tardaron más o menos una semana para cocer en el horno y luego se tuvieron que enfriar unos días. Cuando se enfriaron lo suficiente, los llevé a La Cueva y los contemplé.

There was one that was perfect. CRUZ looked just right and the color was close to the same color as the Simons bricks. I took it home and showed it to Mamá. She loved it and helped me wrap it in newspaper and then I colored the newspaper with my crayons. She even found a pretty red string to tie on the gift.

Había uno que estaba perfecto. El nombre CRUZ se veía tal como lo quería y el color era muy parecido al color de los ladrillos Simons. Lo llevé a casa y se lo enseñé a Mamá. Le encantó y me ayudó a envolverlo en periódicos y luego coloré el periódico con mis creyones. Hasta encontró una cuerda roja bonita para hacer el moño del regalo.

When Papá came to California from Guanajuato, Mexico in 1920 he said he was running from the Revolution. When he got to Los Angeles he looked for work for a long time and then he heard there was work at Simons Brickyard.

That's when he was living on a street called Broadway but he told me that it used to be called Calle de Eternidad—Eternity Street—because there was a cemetery at the end of it. He says it was on that very street that he first saw Mamá walking with her sister.

Cuando Papá vino a California desde Guanajuato, México en 1920 dijo que se estaba escapando de la revolución. Cuando llegó a Los Ángeles buscó trabajo por mucho tiempo y luego se enteró que había trabajo en el almacén de ladrillos de Simons.

En ese entonces vivía en una calle que se llamaba Broadway pero me dijo que antes se llamaba Calle de Eternidad porque había un cementerio al final de la calle. Dice que en esa misma calle vio a Mamá por primera vez, caminando con su hermana.

Papá's's birthday was on Sunday and we got everything ready. We were going to have a little party right after church. A lot of people came by. Mamá made his favorite cake, chocolate.

When it came time to sing "Las Mañanitas," I was so excited I could barely stand it. I knew he would be opening gifts soon.

The first one was a penknife with a real pearl handle from his brother. Then Mamá gave him a new hat. Papá liked to wear hats especially on Sundays. Señor Alonso gave him a key chain.

El cumpleaños de Papá sería el domingo y preparamos todo. Ibamos a tener una fiestesita inmediatamente después de Misa. Mucha gente vino. Mamá hizo su pastel favorito, chocolate.

Cuando llegó la hora de cantar "Las Mañanitas", estaba tan emocionado que apenas lo podía contener. Sabía que muy pronto iba a abrir sus regalos.

El primero fue un cortaplumas con un puño de perla verdadera que le dio su hermano. Luego Mamá le regaló un sombrero nuevo. A Papá le gustaba ponerse sombreros, espcialmente los domingos. El señor Alonso le dio un llavero.

Then it was my turn and I gave him my present. Papá held it for a moment wondering what it was. Then he began to open it and when he was done I could see that his eyes were full of tears. He looked at it and at the name CRUZ on the top of it and then hugged me so hard it almost hurt.

"Gracias, mijo, gracias," was all he said as he held me. Afterwards I could see that he was happy and sad at the same time. I looked at Mamá and she smiled at me and then a neighbor started playing a song on his guitar.

Luego yo le di mi regalo. Papá lo tomó por un momento, preguntándose lo que era. Luego lo empezó a abrir y cuando terminó yo podía ver que sus ojos estaban llenos de lagrimas. Contempló al ladrillo con el nombre CRUZ encima y luego me abrazó tan fuerte que casi me dolió.

"Gracias mijo, gracias", fue todo lo que pudo decir mientras me abrazaba. Después podía ver que estaba feliz y triste a la vez. Vi a Mamá y ella me sonrió y luego un vecino empezó a tocar una canción con su guitarra.

23

That night I noticed that Papá had put my brick on the table next to his bed.

## THE END

Esa noche noté que Papá había puesto mi ladrillo en la mesa a un lado de su cama.

FIN

village - aldea

post office – oficina de correos

hat - sombrero

box - caja

hole - agujero

fire - fuego

newspaper - periódico

cave - cueva

cemetery - cementario

street - calle

kiln - horno

26

bricks - ladrillos

tears - lagrimas

key chain - llavero

string - cuerda

clay - barro

gift - regalo

guitar - guitarra

penknife - cortaplumas

bed - cama

towers - torres

church - iglesia

cake – pastel

27

Publisher's Cataloging-In-Publication Data
(Prepared by The Donohue Group, Inc.)


Del Rio, Adam.
    Teo and the brick / by Adam Del Rio ; illustrated by Noel Ill = Teo y el ladrillo / por Adam Del Rio ; ilustrado por Noel Ill.

    p. : col. ill. ;  cm.

    English and Spanish.
    ISBN-13: 978-0-9772852-5-9
    ISBN-10: 0-9772852-5-1
    ISBN-13: 978-0-9772852-4-2 (pbk.)
    ISBN-10: 0-9772852-4-3 (pbk.)


1. Bricks--Juvenile fiction.  2. Brickmaking--Juvenile fiction.  3. Fathers and sons--Juvenile fiction.  4. Bricks--Fiction.
5. Brickmaking--Fiction.  6. Fathers and sons--Fiction.  7. Spanish language materials--Bilingual.
I. Ill, Noel  II. Title.  III. Title: Teo y el ladrillo

PZ73 .D45 2006
813.6                                    2006931725


Lectura Books
1107 Fair Oaks Ave., Suite 225, South Pasadena, CA 91030
1.877.LECTURA

Printed in Singapore